Nathalie Rheims

Lettre
d'une amoureuse
morte

Gallimard

Nathalie Rheims est née à Paris en 1959. Après des études au Conservatoire national d'art dramatique, elle devient comédienne et travaille avec Jorge Lavelli, Jean Le Poulain, Roger Hanin, Michel Favory... De 1981 à 1985, elle est journaliste au magazine *Elle* et réalise de grands entretiens. Elle devient ensuite productrice.

Nathalie Rheims a entrepris l'écriture de *L'un pour l'autre* (Folio n° 3491) après la mort de son frère Louis, âgé de 33 ans.

Everything was so simple
before you
I am dead from this love
And yet I write these
words, undestined? — unadd?
Fallen from my fear
In order to tell you that
I ~~████████~~ live on,
An insignificant trace
of a destroyed passion

without ending

Tout était si simple
avant toi
je suis mort de
cet amour
et pourtant je t'écris
¹ ces ~~mots~~ mots sans,
             destinée

¹ yet

Tout était si simple avant toi
je suis morte de cet amour
et pourtant je t'écris ces mots sans destinée
tombés de mon effroi— fear, dread,
afin qu'ils te disent là ou je subsiste
trace insignifiante
d'une passion détruite.

pourtant = yet

la destinée = fate, destiny

un effroi = terror, dread

subsister = to remain
           to subsist,
              to live on

afin = so that, in order
                  that

détruire = to destroy, to ruin,
     9 to shred

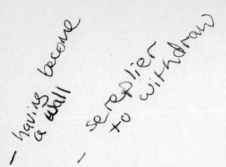

Emmurée, repliée, immobile, je ne peux plus bouger, je sais pourtant que je suis vivante, je le sais mais ne le sens plus.

Pour unique sensation cette circonférence de douleur au centre de mon corps qui me rappelle encore que je suis terrestre tant mon être n'est que manque, vide.

Je respirais, mais comment, depuis combien de temps suis-je déposée sur ce lit, des heures, des jours.

Aucune idée aucune sensation n'est mienne aucun désir, rien. J'entends mon cœur battre encore d'un rythme lent, régulier, pourquoi bat-il encore.

Mon cerveau de torpeur a peu de souvenirs, il ne se souvient que de lui plus rien ne me rappelle à moi mais tout me ramène à toi qui n'est plus, je sais que je t'aime, que je t'aime encore et toujours pour toujours.

Une rencontre, la nôtre, une porte ouverte et ce fut toi, moi, un début semblable à tant d'autres, deux êtres se croisent pour ne plus se revoir, je t'ai revu le soir même, un accident.

C'est un accident, un choc, un pylône pris de plein fouet au volant d'un destin en roue libre, lancé à grande vitesse, sans limite, le pied sur l'accélérateur d'une vie qui ne peut s'arrêter ralentir stopper.

Trop tard, plus de marche arrière, inutile de se retourner, il n'y a plus qu'à vivre ou à mourir, mais à cet instant il est trop tôt pour le savoir.

La sirène hurle c'est la guerre, le feu, il faut rameuter ses troupes sonner du clairon, réagir, se battre et avancer car à cet instant l'on sait qu'il y aura la victoire ou la défaite, la vie ou la mort.

Elle et toi
tant d'années passées
tant de choses partagées
tu lui dis
je t'aime
peut-être plus qu'auparavant
cette peur qu'elle devine
tu me dis
si elle te sait, tu ne seras plus.

Ouvrir les yeux
il faudrait que je les ouvre
mes paupières sont de plomb
mon corps un peu plus léger me fait moins souffrir.
Bouger, il faut que je bouge
ne serait-ce qu'un instant, changer de position.
Tu m'avais embrassée
tout de suite je t'ai rendu ce baiser, étonnée,
le venin était dans ma bouche, j'étais paralysée déjà
mais à cet instant je ne le savais pas.
Nous avions roulé longtemps
c'était la nuit, c'était l'automne
tu avais pris ma main
ta façon de faire de dix doigts entremêlés
deux paumes qui n'en sont plus qu'une
mains de bronze de pierre et de marbre.

La première fois peu de jours après, nos corps, fusion absolue poudre de sorcière.

Tu es mon pentacle, ma formule magique.

Mais où es-tu, mon corps est sur ce lit, mon corps est dans ma main dans les tiennes, je vais mourir je le sais je le sens, je te vois de façon si précise que je pourrais te toucher, si je pouvais bouger mes bras je t'enlacerais, je serrerais ce vide qui est le mien.

Je voulais tout te donner, tu as tout pris, tout laissé.

Je respire lentement, je respire l'air qui se raréfie, ton odeur est partout j'ai froid tout est de glace, je sens sur mes jambes le manteau que tu m'as donné, je suis à toi pour toujours même si tu ne veux plus.

Elle est là.
Omniprésence qui m'étreint,
tu rentres le premier pour échapper à son regard
lorsque tu franchis la porte de votre vie commune,
protection
concession
caveau.

Personne ne devine mon désespoir, ne soupçonne ces milliers de larmes, pourquoi faut-il qu'elles soient pour toi, rien n'est plus banal qu'un abandon.

Je t'aime pour toi-même et rien d'autre, pour ce que tu es pour ce que tu n'es pas, pour tout ce que tu donnes et reprends peu après, pour ce que tu dis et ne dis jamais, pour ta douceur ta violence tes caresses qui font mal.

Je me sens plus petite, me sens fondre en moi, diminuée, mon être se rétracte, mon âme est un nuage, j'entends ta voix si particulière premier son de mes matins, dernier chant de mes nuits.

La nuit vient j'en suis sûre, nuit éternelle où plus jamais je ne te verrai, ne serai contre toi.

Deux ombres qui marchent, deux ombres de même taille sur le sol, nos reflets deux âmes jumelles.

Ces voyages d'une journée, ces nuits d'une nuit, ces matins arrachés à nous-mêmes, ton regard qui me hante m'aspire me tourbillonne m'emporte.

Tes yeux de magicien moirés comme un tissu d'orient.

Garde-moi, garde-moi encore, j'ai tant de larmes et ne sais pas comment.

Elle,
qui est-elle
celle que je devine
que je ne connais pas
celle que j'imagine
sans yeux
sans visage
vos échos renvoyés l'un à l'autre
sans témoin
son air léger
ou son autorité
peu importe
tu dors avec elle.

Solitude, éclipse de lune
je ne verrai plus jamais l'aube, tu te jetais dans la
mer avec un rire d'enfant, je t'attendais sur un
rocher surplombant les vagues, te regardais drapé
par l'écume, tu es beau.
Si je pouvais revivre une seule journée avec toi
j'irais n'importe où de la terre à l'infini.
Trou noir aspiration totale tourbillon cyclone,
embrasse-moi encore, tes baisers d'heures infinies
m'ont fait voyager, voir le monde.
Tes lèvres douces et chaudes m'ont offert tous ces
pays, j'ai entrouvert mes yeux, la flamme de la bou-
gie dessine ton prénom sur les murs, j'aperçois ta
photo sur ma table de nuit.

Elle
la force qui te domine,
qui te parle et connaît tes silences.
Elle
capitaine que rien ne désarme
figure de proue à la faux.
Ton univers
secrets partagés
lorsque tes yeux s'ouvrent au matin qui se lève
tu lui offres ton premier regard.

L'espace le temps plus rien ne m'est possible, tout n'est que vide infranchissable, tout est difforme gigantesque, minuscule, ma vie est vide, vide de toi. Le temps m'exclut me rejette, ton refus est devenu celui de ma vie, tout est loin tout est disparaissant. Désormais, ton impossible retour est devenu ma loi, chaque minute qui passe m'abandonne un peu plus à mon âme.

Tous nos soirs ensemble à l'heure fatidique, ta silhouette s'évaporant derrière cette porte bleu de nuit, nuit de solitude l'heure du couvre-feu la rafle celle de toi-même celle qui t'arrache à moi, happé dans la bouche du monstre sans repère, tu me quittais, me laissant là hébétée de silence n'osant te retenir, reste avec moi.

Dormons ensemble pour mieux nous réveiller.

Tu as fait de ces murs blancs et noirs les couleurs de ton absence.

Elle, silence
musique de la mort
symphonie des yeux clos
image d'une présence qui s'efface
pour mieux resurgir au détour de ma peur
penser un visage et ne rien savoir.
Dans tes tiroirs
des photos, des morceaux de ta vie.
Cette étreinte qui te hante,
besoin vital d'un malheur coutumier,
tu fermes l'horizon des possibles.
Autour de moi, elle est partout, les deuils si nom-
breux
ces instants de soulagement prenant le pas sur la
douleur
équivalence paradoxale
car le chant du plaisir
elle le fredonne à mon effacement.

Coups de téléphone, coups de poing en plein ventre lorsqu'il ne sonne pas, attente d'heures interminables, mon cœur, tour à tour dilaté, comprimé, attend sans oser bouger la sonnerie, délivrance absolue.
Puis ta voix, tendre dure douce ou dominatrice, appelle-moi, appelle-moi encore que je t'entende me parler de tout de rien de choses et d'autres, de tes désirs de tes rêves de tes envies.
Je suis là
attends
Je t'embrasse
bonne nuit
à demain.

Tu es le rocher sur lequel chaque jour je me fends, j'ai beau savoir que tu fais mal j'ai besoin d'y déferler sans cesse mon amour.

Je veux une mer calme et transparente.

Tu es la tempête le vent l'orage, rien ne peut m'apaiser.

Comment me lever de ce lit, tant de soirs sombrant dans un sommeil de trouble de cauchemar de l'absence.

J'ai songé qu'au matin je me réveillerai guérie, légère comme auparavant, insouciante du temps qui passe où les minutes les heures du manque de toi se distordent comme des secondes, des journées infinies.

Nous ne vivrons jamais ensemble, aucun espace ne nous sera commun, jamais ma clef dans la serrure n'ouvrira la porte d'une vie partagée.

Je ne t'attendrai jamais de façon légère, guettant d'un air distrait ton retour, celui de l'être aimé qui rentre le soir, certitude de l'autre, comme un fait acquis.

À présent il est trop tard, le temps a basculé, il a trop attendu, tour à tour magicien ou fossoyeur, il me recouvre aujourd'hui de son drap, et sera bientôt mon linceul.

Mon corps me brûle, ton corps me manque.

Elle s'est installée au centre de ma passion
là où je pensais la faire disparaître
sa victoire s'est inscrite où j'imaginais en triompher
là, au cœur de ce qui te redonnait vie
au plus profond de la force de nos désirs
elle a détourné son cours
déferlant sur moi comme une mer
m'a submergée, engloutie
me laissant sans force
à genoux
elle t'avait lâché pour mieux me saisir
devenant la passion même
prenant sa place pour me détruire
métamorphose fatale
s'inscrivant dans le désir qui te fait vivre et me tue.

Une ville la nuit on roule tous les deux, ensemble, tu conduis d'une main de l'autre tiens les miennes les serres.

Les rues les avenues tu illumines tout, les murs les monuments, tu éclaires le temps, tu éclaires ma vie. Le café du Croissant, le temps des assassins, aujourd'hui c'est toi qui m'assassine, tu me tues heure après heure jour après jour, mais tu ne le sais pas, tu me ramènes je te dépose tu me laisses toujours et encore pour mieux nous retrouver dis-tu, pour mieux me faire mourir chaque fois. Les heures passées loin de toi me rongent me dévorent m'engloutissent, je meurs entre ces heures.

Qu'as-tu fait de moi, les rues de ton enfance, les rues de tes souvenirs, je n'en ai plus, plus de passé, plus d'avenir, restent les moments près de toi que je collectionne, instants précieux, choses rares, introuvables.

Le kaléidoscope tournant dans sa main
son orbite vide
y saisit un instant nos corps enlacés
roulant parmi ces centaines de verres éclatés
étincelants de couleurs
blessure profonde
plaie mélangée
sang qui s'écoule goutte à goutte
donnant au rouge un éclat sans pareil
mon amour
ma fécondité
mon ventre restera stérile
ce que ta vie m'a donné
la mort me l'a repris.

Père, mais lequel, fils que je n'ai pas, esprit que je n'ai plus, vers quel dieu me tourner, à quel ange m'adresser, qui me ramassera, dispersée de désespoir en particules de souffrance, viens me chercher, m'emmener, emporte-moi, je t'attends.

Qui suis-je pour que tu me laisses ainsi étendue sur ce lit, je voudrais t'appeler, je ne peux pas.

Interdit le téléphone, faire ton numéro, oser, sonner le glas de l'île, celle de mon exil, sur laquelle je me décompose.

Je ne veux plus penser, je ne veux plus t'aimer, je voudrais la lumière.

De soirs, d'après-midi dans tes bras, bonheur de foudre je suis née pour te caresser,
tu me dévastes, nous sommes une fusion un assemblage parfait, tu es ma drogue ma dépendance je me dissous disparais fonds en toi,
mes yeux dans les tiens, m'endormir m'enrouler respirer ton odeur,
me relever, debout m'habiller à la hâte il est l'heure, l'heure de mon malheur un café un taxi la rue, fini, quand te reverrai-je ? Ce soir demain jamais séparation extraction de toi, vide et silence. Les gens me parlent, ce qu'ils disent je ne l'entends plus, faire semblant, semblant de vivre, respirer.
Est-ce l'heure, il fait si chaud dans cette chambre, un verre d'eau, c'est trop loin, est-ce le jour, combien de mois écoulés depuis notre rencontre, quelle importance puisque tu as ma vie, sommeil, reprends-moi pour rêver un peu.

À mon doigt brille la bague jonquille que tu m'as offerte un matin de septembre nous promenant tous deux, fiançailles de néant, mariage de vide et de poussière, je marche près de toi, nos corps comme aimantés ne peuvent se détacher, amour passion, amour fusion de métal et de sang, te souviens-tu de moi, y penses-tu seulement,
je suis à l'Est,
Est de solitude et d'attente, viens me chercher, je t'attends,
un quartier nous sépare, un quartier de prison, celle que tu as construite, prisonnier sans crime ni délit, torture-toi encore pour mieux me fusiller.
Si tu veux dans dix minutes en marchant je serai dans tes bras.

Elle me devine enfin
envisage mon existence
le sablier s'est retourné
il n'y a plus que moi pour l'imaginer
elle me pense à présent, peut-être est-ce mieux
nous savons nos mutuelles existences
elle, de tout temps, moi, dans l'instant
le face à face est impossible, il est trop tôt pour
nous voir
le moment viendra, je le sais, mais quand
c'est elle qui le décidera,
car dans sa main d'ossuaire, elle détient les tarots
elle fait sa patience, doucement
la recommence sans cesse, lentement
c'est elle qui choisira l'instant propice
l'instant de ma disparition
de notre évanouissement.

Cette nuit profonde, réveillée par la froideur humide de l'oreiller, je regarde les heures les minutes défiler sur le réveil aux chiffres rouges à côté du lit.

Le temps à l'obscurité est d'une longueur sans fin, je te pense, le jour qui revient est un espoir, une possible nouvelle de toi.

Tes phrases me hantent,

tu me dis

Attends le temps qui passe, attends notre temps qui vient,

je ne suis qu'un instant un fragment un quartier de jour, heures volées minutes passées, clandestin sans papier assigné à résidence des instants donnés, ne rien demander ne rien vouloir sinon te perdre, je n'ai rien voulu, rien exigé, pourtant tu n'es plus là.

Reste chez toi dans ton malheur dans ta tristesse ta solitude, reste. Ne change surtout pas, emmuré dans ton tombeau, demeure celui qui ne donne rien ne prends aucun risque, garde ton visage de solitude ta vie telle qu'elle est, garde ce que tu as acquis puisque tu n'as rien, n'emporte pas cet amour il est trop grand, continue de te mentir de me faire mal. Tu es fasciné par l'indifférence, et moi je suis envahie par toi, et meurs de ne pas être celle qui fait battre ton cœur.

Je sombre, m'enfonce, me noie,
je pourrais toucher ton absence, glycine bleue lauriers roses mouvements des vagues, au loin la citadelle est éclairée,
assise par terre te tournant le dos je suis dans tes bras, tu me serres me tiens parles à mon oreille, dis-moi ce que je veux entendre, parle, muet, ton silence est comme ma mort, chaque minute plus présente, des mots de toi pourraient me sauver, mots de morphine contre ma douleur.
Il faut que je continue de respirer pour pouvoir attendre ton retour,
je t'envoie mon cœur mon corps mon esprit et mon âme, et les dépose au pied de ta porte,
ouvre-moi, toi seul détiens le peu de vie qui me reste,
ton silence de nuits et de jours rend l'air dense compact, je voudrais le fendre le découper le lacérer, je serai le passe-muraille des heures et des jours qui nous séparent.

Elle, statue du Commandeur
découpe froide et hautaine
lente faucheuse dans son costume de satin noir
rythme le mouvement de ses pas au doux bruit de
sa lame
la mélodie de notre amour est à certains instants
imperceptible, elle en a baissé le son
j'écoute
Je voudrais lui donner rendez-vous
prendre l'initiative
je pourrais alors, le temps d'un clair-obscur, être
maître du jeu, et d'un furtif enchaînement énoncer
mon désir
reste encore un peu.

Je crève, personne pour m'aider, personne pour m'entendre je meurs aidez-moi, je m'éteins à petites flammes je meurs de solitude me consume de souffrance.

Prends-moi dans tes bras, quelqu'un n'importe qui, le premier qui passe, empêche-moi de souffrir de mourir ramène-moi à l'air libre, mon corps se rétracte un peu plus chaque jour.

Que faire de cet amour, comment le déposer comme on dépose les armes aux pieds de son ennemi, adversaire invisible sans visage ni rien, juste le néant qui s'entrouvre à mes pieds.

Rien que cette mort. Qu'elle vienne. Que je ne souffre plus. Que l'on m'emmène. Que tout s'arrête enfin.

Tout est si beau, magique à tes côtés.

Marcher, se promener dans les rues, regarder les vitrines s'arrêter, observer les autres te parler, t'écouter rire vivre, respirer près de toi.

Tout est féerie feu d'artifice illumination, une promenade une descente au flambeau, je ne marche pas je danse, vole.

Que fais-tu à ces heures où je pense à toi, qui vois-tu quelqu'un te parle, à qui donnes-tu ton regard, tu es si loin de moi, si loin, et pourtant un fil invisible nous lie l'un à l'autre, tire-le, viens me chercher à pas lents, peu importe, ton rythme sera le mien, j'ai assez de la vie qui me reste pour t'attendre, t'espérer, et si tu ne viens pas, la mort aura mis son temps, elle viendra en un jour en un siècle, si l'espoir de te voir de te vivre me tient encore éveillée.

Chaque parcelle de ton corps est empreinte en ma mémoire, chaque fragment de ta peau est vivant en moi, ton odeur ta chaleur, passer ma main sur ton visage de solitude, caresser ta nuque fragile de verre, embrasser ton corps des heures durant, te prendre dans mes bras, te garder encore un peu, te dire combien je t'aime, te dire de ne pas avoir peur de la vie qui te reste je t'ai donné la mienne, fais-en ce que tu veux, prends mes années pour qu'elles s'ajoutent aux tiennes, prends ma jeunesse pour qu'elle te revienne.

Elle se croit la plus forte et se pense intouchable
mensonge
dans ce bras-de-fer
dans ce combat mortuaire
ma gorge se serre à tel point
que plus un souffle d'air n'y trouve son chemin,
chemin de rocaille sous mes pieds nus
où mon corps décharné n'est plus livré qu'à elle
à son regard impavide
toi, pantin, homme en morceaux
faiblesse sans pareille.

Maudit soit qui mal m'abandonne
maudit soit le mal que tu me fais
tu es le tueur de mes jours
le chasseur de ma nuit
en joue au bout de ton fusil
j'attends ma fin
quelle délivrance
t'oublier, t'ôter de ma mémoire
t'effacer d'un trait
te dire
tu n'es qu'une parenthèse dans ma vie
être convalescente de toi
puis guérir tout à fait
me relever sereine
aimer de nouveau
ne plus être seule
seule à t'attendre
toi qui ne viens pas.

Torrents de larmes versés tout au long de mes jours
et là réside ma souffrance,
dans ce corps creusé par tes arrachements
poitrine oppressée par la douleur
bloc de vide au cœur de mon diaphragme
elle s'est installée là
au lieu où je respire,
cruelle, prends mon souffle et l'aspire
jusqu'à le faire disparaître à l'extrême
pour mieux me supprimer
mais n'oublie pas que sur l'univers
la foudre qui gouverne
donnera à ma main
la force de te briser.

Je suis l'amstramgram de tes désirs, balle gagnante
perdante mystère, celui de ton amour, tu es mon
énigme seras-tu mon bourreau, je voudrais habiter
au centre de ton corps.
Le téléphone reste toujours silencieux
quel jour
quelle semaine
je ne sais plus
une lettre glissée sous ma porte.
Personne ne vient.

Elle est le clavier
se joue de notre histoire
elle y met des virgules
s'interroge parfois
avant d'y imprimer des exclamations
pour ensuite, décider de pauses
puis de guillemets.
Prenant alors le temps de sa lecture
pour mieux relire sa ponctuation
elle achève le texte avec un point fatal.

Passé de souffrance
avenir de solitude
ligne noire tracée devant moi
incompréhension
basculement
vide et tourbillon
ta silhouette, empreinte permanente.
Ne plus jamais sortir pour ne pas vivre ton mirage,
sur chaque trottoir à chaque coin de rue te voir partout de dos de face ou de profil, c'est toi, non, c'est
un autre toujours et encore, ne plus rien voir pour
ne plus penser, alors fermer les yeux c'est trop
simple, tu es là comme un éblouissement un vertige
sans fin, une nausée que rien ne calme.

Elle, fantôme de mes nuits
apparaissante et fuyante au détour de mes doutes
se glisse dans nos silences
liqueur froide coulant dans mes pensées
dans ce vide qu'elle creuse chaque jour entre nous
ombre de glace projetée sur nos destins
l'effroi qui saisit nos corps
elle, cette mort insinuée dans la passion qui me
détruit
m'anéantit
me fait disparaître.

Les minutes
les heures
les jours s'enfuient
comme ton absence.
Chaque instant qui passe, tu meurs un peu plus
ta vie qui se réduit achève notre amour.
Un amour naît, un amour meurt
je meurs avec l'un, renais avec l'autre
je tombe dans l'errance de ce moment
suspendu dans la conscience du temps
entre naissance et mort confondues.
Le temps s'inscrit dans ma chair
forme la trame de mon existence
la sépulture de notre amour.

Avec elle, quelque chose s'est tu,
disparu en moi
une reconnaissance à la surface de ma peau
qui me caressait quand ma main te touchait.
En perdant ce sens, j'ai perdu celui de la vie
car dans notre amour je ne reconnais plus qu'elle
resurgissante cicatrice d'une passion qui découpe
tranchante la surface de nos corps
au fond de cette coupure où sans cesse réapparaît
celle que je dois bien reconnaître
et qui œuvre aux frontières de ces âmes
qui ne me touchent plus,
la mort qui s'allume
la mort qui s'éteint.

Souvenir d'un torse de pierre, d'un visage effacé par le temps où les traits demeurent à peine, visage rendu mystérieux par les années passées, les siècles d'érosion les souvenirs de toi.

Abîme de vide, mémoire qui s'efface tous les jours un peu plus, fièvre souffrance et désespoir.

Des murs
devant
derrière
de côté
boîte qui se referme
à chaque heure déroulée
les fossoyeurs attendent
ils graveront le granit
à celle qui est morte de trop attendre.

Un nouveau jour se termine sans nouvelles de toi
une nouvelle nuit approche
les ténèbres, le jour tombe plus tôt.
L'automne recommence tu n'es pas là,
j'imagine ta chaleur
je revois ton visage et chacun de tes traits
je ferme les yeux, tout sombre et dégringole
un abîme sans fin
délivrance, croire en Dieu
croire en ton possible retour
croire au jour qui se lève, moi à tes côtés
ou mourir à moi-même, réduite en poussière
disperser mes cendres à tes pieds.

Rose jaune, rose rouge, maintenant desséchées offertes par toi à la terrasse d'un café, comment les faire refleurir, comment te retrouver comment te retenir, je te pleure tu me manques et me fais mal à chaque minute chaque seconde chaque instant où le temps vide de toi m'entrouvre au néant.
Sur mon lit tes photos tes lettres des tickets de musées toutes choses faites ensemble, souvenirs dérisoires, fétiches inutiles, rien ne te remplace rien ne comble l'abîme rien ne remplit l'espace, le silence,
le silence et c'est tout

Elle, silhouette découpe mortuaire
fantôme déambulant
flotte sur la pierre des tombes
se penche avec délices sur le bloc de granit.
J'y dors tout au fond
sur le marbre, à toutes les saisons
en lettres majuscules
mon nom gravé à jamais
nom secret
qu'elle seule connaît.

On frappe je dois ouvrir
il faut que je me lève un pied sur le sol
puis l'autre
un effort absolument
debout je marche
chaque pas me donne le vertige
comme un tour de manège
celui de mon enfance
un peu de ma mémoire
des souvenirs me reviennent
j'ouvre tu es là
tu viens me chercher m'emmener
j'ai mal à la tête
la douleur est violente comme une irradiation
mes yeux sont si lourds pourquoi sont-ils fermés
pourquoi suis-je allongée
je suis dans ma chambre je n'ai pas bougé
tu n'as pas sonné
tu n'es pas venu.

Dépression froide clinique chirurgicale
noir absolu
sommeil stérile, fatigue du réveil
mort solution idéale parfaite définitive
désir de cette mort et c'est tout, envie de toi
insaisissable.
Médicament
contours de mon corps plus flous chaque jour disparition de toute image de toute identité qui suis-je
puisque tu ne m'aimes plus
lenteur
abandon
ténèbres.

Elle m'a laissée seule à jamais
et mon âme asphyxiée sans liens sans avenir
ne sait plus respirer.
Rupture d'un futur effondré, encerclement.
Le temps n'a plus pour moi ni de haut ni de bas
l'espace n'est plus pour nous ni d'avant ni d'après
le sablier s'est brisé
laissant sur le sol des poussières
qui s'envolent
désemparées de tes heures
perdues de tes secondes
jetées suspendues au-dessus d'un temps sans amour
vide d'une vie sans avenir aucun.

Abstraction violence toile blanche qui ne reflète rien si ce n'est ton image dans ce jeu de lumière où tu ne vois personne.

La solitude est totale le silence l'est aussi, incapacité d'avancer de faire un pas de plus, le vide est en dessous il n'y a que lui qui m'attire puisque tu n'es plus là. Impuissance de vivre, de mourir.

Corps stratifié par la douleur, misérable bourreau de notre amour du temps qui passe faiseur de sortilèges de tristesse, magicien de l'impossible de ton chapeau tu sortiras le deuil.

Elle, geôlier de l'avenir des plaisirs les plus simples
se promener le long des ruisseaux
s'allonger dans l'eau tiède
marcher dans la neige
regarder l'aube
s'enlacer
n'être qu'un
s'aimer au jour lumière éblouissante
s'aimer la nuit sans cauchemar qui étreint.
Mais tu n'es pas seul
vous êtes deux
elle et toi
parfum de soufre et d'encens
parfum que rien n'efface.

Cet avion partira sans nous
ce train avancera absent de notre amour
le bateau flottera de solitude
ces endroits où tu ne seras plus.
Ce lit vide de moi où le froid glacial s'engouffre
l'été
je ne serai plus tes yeux
tu ne seras pas mes lèvres
nous ne serons rien, tu n'as pas su
tu n'as pas pu
tu n'es pas venu
danseur en rond
derviche tourneur du malheur qui m'abîme.
Inversion du temps avance recul monte et redes-
cend, voici ton lit tu es chez toi, vision d'une vie
future, projectionniste de noir de mensonge et de
sang, manipulateur marionnettiste de génie,
tire donc les fils en joue.

Je l'ai entr'aperçue
un bref instant j'ai saisi les traits de son visage
je l'ai vue, elle non, et l'effroi m'a figé.
Lèvres minces, masque glacial, regard implacable
je vous vois enfin
et moi
protégée par un écran de verre
par le prisme de l'objectif
je fais le point
Je ne suis pas de taille à lutter
vous qui gagnez de tout temps
depuis le commencement du monde
vous qui emportez chaque souffle de vie
regardez, je suis là
tendez la main
fendez le verre
je suis enfin à votre merci.

Mur de graffiti, cœurs gravés dans la pierre, à la lame, à la larme, cœurs qui s'entrelacent et se séparent, anneau mental soudé puis détaché, adhérence de mon cerveau fixation de notre amour, obsession.

Je voudrais voir mon corps, aller jusqu'au miroir me regarder me refléter dans mon regard, que tes yeux me renvoient mon image.

Rends ce que tu m'as pris, mon corps, mon visage et mon âme, rends-moi à moi-même, pour que je vive sans mourir à rien, puisque je ne me vois plus, restitue-moi pour que les autres puissent pleurer mon absence.

Tu m'avais tendu un soir un petit étui de satin
rouge
je l'avais ouvert, dedans, un collier de bronze
premier présent de ton amour
tu me demandais de le regarder
voulant le passer à mon cou,
tu me l'avais repris
c'était pour me le montrer
c'était pour que je le regarde
il n'était pas pour moi.

Tout ce dont un corps est plein tout ce qu'un être contient de vivant doucement s'en va, je m'en vais comme l'on se retire à pas lents, comme une mère referme une porte sans bruit sur le sommeil de son enfant, comme une femme une amante se glisse pour ne pas réveiller son amour endormi, comme un souffle, comme un linceul posé délicatement sur un visage éteint, je ne suis plus personne je ne sais plus mon nom, je n'entends plus ma voix, j'entends parfois encore des bribes de la tienne venues de si loin me murmurer des mots dans une langue morte.

Elle,
flacon qui distille goutte à goutte
le poison qui s'écoule dans mes veines
scalpel qui découpe ma chair
lien de corde qui m'attache à ce lit
omniprésente torture
qui rallonge mes souffrances
elle
qui ne donne rien
pas même la mort espérée.

Grande roue milliers d'étoiles
bonheur étincelant de tungstène
vertige, éclat de rue, de bonheur parfait
ces instants fugitifs où l'on voudrait déclencher
l'invisible
ton visage est lumière
tes yeux des phares où s'ancre notre amour
le compte à rebours indique peu de jours
un nouveau millénaire
tu vis sans moi
dans ta vie d'avant où je n'existais pas
dans ta vie d'après où je n'existe plus.

Les nuits succèdent aux nuits
qui succèdent aux jours
les nuits reviennent sans cesse
ronde des jours qui s'enchaînent
qui déroulent ce temps qui n'a plus de fin.

Au centre de mes sanglots, au cœur de mon chagrin, dans le flot d'un vent cinglant, entre le doute
et la peur, je sombre, chacun de mes sommeils de
plus en plus courts comme une mort cérébrale.
Ton absence a des formes. Jamais souffrance ne me
parut plus aiguë plus concrète, le manque est de
secondes de minutes interminables, arrêter de vivre
est la seule issue, l'unique délivrance le seul avenir
possible.

L'ange a posé ses ailes arrachées
instillant sa folie dans les écarts vides de nos êtres
la passion percute la cible de nos obsessions
d'où la tension s'écoule
pourpre comme une sève de peurs et de sang
autour du berceau de nos existences
dans ces pulsions mortelles
sans tombeau.

Mon corps a disparu, sa pensée me poursuit, pointe son canon sur ma tempe et mon être disparaît en lui-même, il ne s'incarne plus, ma pensée lui échappe et devient légère, légère comme le souffle du vent chauffé par le soleil, comme le furent tes baisers lorsque tu m'aimais, comme l'est une étreinte lorsqu'elle nous fait mal, comme ta présence lorsque tu étais là, légère comme l'était mon corps marchant à tes côtés, rien de tout cela ne demeure, rien de nous ne subsiste, si la vie m'attend de l'autre côté de ma vie, alors je serai là, mais cette fois absente de toutes ces douleurs, et pourtant mon âme est cette souffrance.

Unique objet de mon désir
clair-obscur de nos chairs
prononçant leurs paroles aux lueurs vertes
celles qui me font disparaître
où tu m'embrassais
pure diffraction
embryon d'un amour fatal
ne laissant de nos ombres qu'une trace sans trait
aucun.

Elle est sûre maintenant de ma mort programmée
sûre que jamais je ne te reverrai
elle a fait le nécessaire pour que mon corps
chaque jour plus faible que ma voix sans parole
ne puisse plus chanter les mélodies
que je fredonnais à ton oreille
lorsque dans tes bras l'amour était sans fin
lorsque le bonheur d'être avec toi
donnait à chaque jour la durée d'une vie
lorsque la pluie le vent le soleil ou la lune
donnaient à ton visage des lumières différentes
l'espace de ma chambre se resserre chaque jour
les murs avancent
elle aussi.

Tout cela est si vain et rien n'a plus de sens
ces mois à t'aimer plus que tout
torrent de secousses
de mers agitées qui se jettent
dans le courant glacé des ruisseaux.

Je suis sans besoin sauf celui de te voir
je suis sans commencement ni fin
dans l'immobilité évanouissante
incapable du moindre geste.
Tes promesses par centaines je t'ai cru, la vérité ce
ne sont que des mots, il suffit de les entendre de
les croire, le réel n'existe pas seule la musique
de l'autre et la ritournelle, la parole de Dieu
puisqu'elle est sacrée.
Tu as mis en scène ma vie,
tu me laisses là sans rôle sans existence propre,
l'illusion disparaît, toute promesse morte.

Je m'évanouis
perds connaissance de ce que je fus
connaissance des autres
je vous rencontrai une ultime fois
nos mains se sont touchées
nos regards toisés
j'ai compris qui vous étiez, la mort en face,
je vous tournai le dos, dévalai l'escalier
nous avons pris alors chacune nos pions
vous les noirs, moi les blancs
votre avantage
vous connaissiez les règles les diagonales
les méandres à emprunter
votre stratégie fut parfaite
moi qui n'en avais pas.

Ne plus s'alimenter, alléger ses souffrances, le corps fantôme se faufile mieux dans la profondeur du chagrin, ainsi il s'évapore puis se fait oublier.

S'il suffisait que le corps disparaisse pour ne plus souffrir, ce serait si simple. Il meurt, mais mon âme reste tout entière à vif, comme une écorchure, une couronne d'épines, il faut qu'elle disparaisse, comment faire pour que ma pensée ne me regarde plus. Que nos âmes se séparent pour laisser mourir la mienne, qu'elles s'effacent sans lieu sans corps pour renaître, peut-être, ou ne plus être, sûrement.

Je ne suis plus qu'une trace sur papier glacé
d'une lumière aujourd'hui éteinte
fragment d'un temps suspendu
empreinte de sels argentiques
je retiens, figée dans mon silence
ces instants de ma vie
qui n'ont surgi
que pour s'inscrire dans ton regard
y retrouver ton désir
dès lors, je ne suis plus que là,
présence et absence sur ce que le temps jaunit
que l'oubli efface
ainsi je disparaîtrai de tes souvenirs.

J'avance doucement, avec une lenteur, une torpeur
infinie
j'avance vers la fin, comme c'est difficile
quelle déchirure
je m'arrache à toi et ne veux plus souffrir.
Il n'y a aucun remède à l'amour qui s'en va
aucune solution miraculeuse
aucune eau sacrée
rien de possible
sauf peut-être celle de mes larmes
l'eau d'une fontaine où je viendrais
faire un vœu
celui de ne plus te revoir, jamais.

Tiroirs ouverts
albums de famille
tes parents tes enfants
ta vie qui se déroule
d'autres photos de moi je t'en avais donné
où sont-elles, les as-tu déchirées...
Je suis seule dans ce cadre, au milieu de ma
chambre
chez toi, aucune image de moi
de celles prises par les autres qui témoignaient de
nous
aucun signe, plus aucun souvenir
je suis seule à jamais, figée de ces instants
exclue de ta mémoire et de notre existence.

Nos retrouvailles, renaissance tant de fois
mort si souvent.
Lumière, allume, éteins, recommence sans cesse,
village de lumière, celui de nos étreintes furtives,
rendez-vous d'amour au bord d'une route perdue.
À qui parler toi qui ne m'entends plus
à qui écrire toi qui ne me lis plus
à qui pleurer.
Un message précieux, un message sacré
un message de toi
si on peut le dire, pourquoi le peindre
et moi je dis
je t'aime
si on peut le faire, pourquoi le dire
bonne nuit
je l'ai gardé des jours et des jours
des nuits et des nuits
cent fois écouté
un matin, il était effacé.

Je ne suis plus que cette image sans verbe
et pourtant tout ce que tu entends de moi
te vient de mon silence
depuis ce point aveugle où je retiens mon amour
mort
jusqu'à ce que le vide de mon être
te rende à la passion exécutrice de ma chute
dans un temps qui n'a plus de sens
et pourtant je te dis
à demain.

La boîte en ébène que tu m'as donnée
est là près de mon lit
cette boîte dans laquelle tu avais glissé une lettre
cercueil d'un amour enseveli
cette lettre apprise par cœur
tu me dis que tu m'aimes
tu me dis pour la vie
ce bois noir ira dans le feu
celui de mon âme que je vendrai au diable
à tous les damnés des ténèbres
je signe ce pacte avec mon sang
et le fais couler jusqu'à la dernière goutte
pour que tu reviennes
j'accepte tout, je ne vaux plus rien je n'ai plus de
prix d'orgueil de dignité, je n'ai plus de nom,
d'identité
Je ne suis plus là
je suis de l'autre côté.

Mon amour meurt
s'il vit je vivrai
s'il vit, renaîtrai
s'il vit, chasserai la solitude
s'il vit, serai debout
s'il vit, l'amour est triomphant, toujours
l'absolu se donne sans retour sans échange ni calcul
je suis à la guerre, au feu, au son de la mitraille
je nous désirais inondés par le soleil
je suis dans la terre humide et glacée
éclairée par une lune qui jamais ne se couche
dans des ténèbres constantes
tes phrases furent des balles tirées à bout portant
sans sommation sans minute de grâce
tu m'as bandé les yeux.

Viens pour faire avec moi cette page d'amour pur
viens, ne me laisse plus moi qui t'aime tant
viens, dans l'image partager la lumière de mon
corps
viens, pénètre-moi encore de ton regard sombre
viens de nos secrets mêler nos âmes engourdies
et comme moi maintenant
meurs à notre amour.

Il me reste à présent le temps qui reste
avant de disparaître
au-delà de ma fin
ma part déchue
la passion me mène vers la mort
ta volonté de détruire notre amour
dans cette passion que fut la nôtre
mon corps jeté en avant
fut voué à la brûlure
à la destruction
mon corps restera le lieu de notre apparition.

Route de nuit qui jamais n'a de fin, tronçon inter-
minable sans navigateur, radeau dérivant sans corde
à jeter, être dans tes bras enlacée te respirer.

Personne n'a ouvert les volets de ma chambre
depuis tant de semaines, mon chagrin a-t-il plus
d'acuité le jour ou la nuit.

Je n'ai vu ni entendu être qui vive depuis des col-
liers de jours, je suis allée de ma chambre à ma
chambre pour ne plus regarder ce dessin, ce por-
trait de toi.

Guérir de ce mal incurable, que la vie me revienne,
te croiser te sourire et me dire

je ne t'aime plus.

L'amour est le deuil de la mort
drap froissé d'un blanc pur
tache rouge répandue d'une passion perdue
éperdue du manque de toi
le son de ta voix
l'incandescence de ton corps, cendre
t'entendre, encore une fois seulement,
ta transparence me brûle, me sidère
je suis aspirée par le bruit de ton silence
par la musique de ton absence.

Nous sommes là
dans cet espace clos
dans cette étrange et glaciale promiscuité
qui maintenant nous retient derrière son ultime
effroi
seul, un mobile noir, suspendu
laisse à penser qu'il y eut d'autres objets
un souffle pourrait ouvrir le triangle maudit
dans lequel nous sommes enfermés
le souvenir de cette condamnation disparaît
et pourtant nous sommes là pour l'éternité
damnation
qui m'emmure au-delà de la mort
jusqu'à la fin des temps.

Statuaire de cercueil et de tombe, promenade au cimetière, plaques gravées de souvenirs à nos mémoires, dalles de marbre granit enterrement de notre amour, pétales jetés dans le fond du caveau. Entrelacés au bal nous avions dansé, tu m'avais fait tourner illuminée par cette boule de mille éclats de verre éclairant ton regard d'iguane d'ensorceleur hypnotique.

Tes yeux de sulfure sont à moi désormais, je les ai emportés sans te le demander, je les garderai pour toujours, aucun autre regard ne se posera sur moi, et lorsque mes yeux clos à jamais ne seront que poussière, ton image demeurera malgré le temps déroulé, j'emporterai dans l'au-delà mes plus beaux jours avec toi.

Les lumières défilent le long de l'autoroute et déroulent à vive allure leur lueur blafarde.

Je regarde vers le ciel les nuages sont partout, puis les périphériques à droite à gauche des façades d'immeubles tout en haut de ces murs des néons par dizaines, des néons qui s'allument des néons qui s'éteignent. Ton prénom est partout scintille de mille couleurs lui seul ne s'éteint pas son éclat est constant.

Souvenir de jour de te voir, souvenir de nuit à jamais terminée, plus de fenêtre aucun soleil aucune nourriture juste ton prénom inscrit sur tous ces murs.

Avec elle, tout est redevenu si simple
comme la trace silencieuse de cette étreinte
suspendue
viendras-tu un jour me rejoindre où je suis
retrouver cet amour
tels ces milliers d'êtres morts de n'avoir su
l'unique fulgurance d'un amour absolu
pour y revivre ensemble, après,
ce temps qui nous survivra.

DU MÊME AUTEUR

Aux Éditions Galilée

L'UN POUR L'AUTRE, 1999 (Folio n° 3491)

Aux Éditions Flammarion

LETTRE D'UNE AMOUREUSE MORTE, 2000 (Folio n° 3744)
LES FLEURS DU SILENCE, 2001
L'ANGE DE LA DERNIÈRE HEURE, *roman*

*Ouvrage reproduit
par procédé photomécanique.
Impression Bussière à Saint-Amand (Cher),
le 19 octobre 2002.
Dépôt légal : octobre 2002.
Numéro d'imprimeur : 25609.*

ISBN 2-07-040883-3./Imprimé en France.